Helena's Voyage

First published by O Books, 2008
O Books is an imprint of John Hunt Publishing Ltd.,
The Bothy, Deershot Lodge, Park Lane, Ropley,
Hants, SO24 0BE, UK
office1@o-books.net
www.o-books.net

Distribution in:

UK and Europe
Orca Book Services
orders@orcabookservices.co.uk
Tel: 01202 665432 Fax: 01202 666219 Int. code (44)

USA and Canada
NBN
custserv@nbnbooks.com
Tel: 1 800 462 6420 Fax: 1 800 338 4550

Australia and New Zealand
Brumby Books
sales@brumbybooks.com.au
Tel: 61 3 9761 5535 Fax: 61 3 9761 7095

Far East (offices in Singapore, Thailand, Hong
Kong, Taiwan)
Pansing Distribution Pte Ltd
kemal@pansing.com
Tel: 65 6319 9939 Fax: 65 6462 5761

South Africa
Alternative Books
altbook@peterhyde.co.za
Tel: 021 555 4027 Fax: 021 447 1430

Text and illustrations copyright Paul Harbridge 2008

Design: Stuart Davies

ISBN: 978 1 84694 114 6

A CIP catalogue record for this book is available
from the British Library.

Printed by Tien Wah Press

To Helena, and to every child everywhere.

Helena's Voyage

Written and illustrated by
Paul Harbridge

Hebrew translation by Yoav Shafir
Arabic translation by Hanaa El-Kashef

BOOKS

Winchester, UK
Washington, USA

Foreword

In the great tradition of those mystical narratives that tell us about mysterious and enlightening night-journeys, *Helena's Voyage* is a luminous work that will delight every child to whom it is read – and move to tears every adult who does the reading. The lovely but sickly Helena is granted an angelic guide for her nocturnal and clairvoyant voyage, and what she sees and understands of the Children of Abraham will resonate with all in our universe, from the youngest to the most hardened. Love is clearly the guiding hand – the astrolabe – in this touching story at once about one child's search for answers, and at the same time about our own despairs, and hopes, in a universe of searing conflicts among Abraham's offspring.

Maria Rosa Menocal, Director of the Whitney Humanities Center and R. Selden Rose Professor of Spanish and Portuguese at Yale University, and author of THE ORNAMENT OF THE WORLD, HOW MUSLIMS, JEWS, AND CHRISTIANS CREATED A CULTURE OF TOLERANCE IN MEDIEVAL SPAIN

Love is the astrolabe by which we navigate the mysteries of God.
(Rumi)

In a town by the ocean, in a house on a hill under a large pine tree, lived a pretty little girl named Helena. Helena loved to run and jump and play with her friends, but she was often sick and had to spend many long days at home in bed.

During these times, her mother, who loved her very much, would care for her and read to her and help her with her homework. Helena tried to cooperate, but there were days when she was so fed up that she would throw down her books, push away her medicine, and even refuse to talk - for deep inside, Helena had dreams of adventure, just like any other little girl.

Very early one morning, Helena awoke to the sound of excited voices. She leaped from her bed and ran to the window. Down at the waterfront, sailors were bustling about, yelling to each other as their ship prepared to depart.

"Oh, how I wish I could join them!" Helena said longingly to a bird on her window sill, for she had never been to sea, never even set foot on a ship.

"One day I will sail on a boat," she promised the bird. "One day I will feel the sea spray on my face and breathe in the salty ocean air."

That evening, Helena felt very odd. Her mother took her temperature, fed her hot soup and put her to bed, and as soon as her head hit the pillow, the girl fell fast asleep.

During the night, a moonbeam passed through the branches of the pine tree outside her window and lit a spot on her bedroom floor.

"Wake up," said a gentle voice.

Helena opened her eyes and began to tremble. Before her stood an angel.

"Don't be afraid, Helena," he said. "I have come to take you on a voyage."

The gentle figure took her hand and she was flooded with a glorious peace.

"What is your name?" asked Helena.

The angel's eyes sparkled.

"It is ..."

And he told her a name that sounded like nothing she had ever heard. . . that made her think of splendid things – like a little fish looking through ice at the moon, or the whispered secrets of doves.

"And where are we going?" Helena said smiling, for she knew now that the angel with the marvelous name was the messenger of God.

"Far over the waves," he said, and handed her a small silk purse.

No sooner had she accepted it than they were in a tiny boat, leaving her harbour and sailing out into open water. Helena was not sure how long they sailed, whether it was minutes or hours or days. At times, mighty ocean waves towered over them and tossed their little craft this way and that. At one point, a dense fog swallowed them up, and Helena pulled anxiously on the angel's robe.

"How can you know the way?" she asked.

The angel with the marvelous name pointed to the sky. In front of them, the light of a star blazed through the mist.

Finally they came into a turquoise sea where the water was warm and calm. The sun shone splendidly, and along the shore she saw feathery palm trees, and figs and dates, and ancient olive groves. The air was sweet and fragrant, and on a far coast, three cities glowed as if blessed of God.

"Our ports of call," said the angel.

When they reached the first port, she beheld an ancient city graced by magnificent universities and hospitals and synagogues, its streets filled with people engaged in scholarly chatter. The angel with the marvelous name sailed their little boat between the scores of mighty trading ships, and landed on a massive wooden dock. They were met by a kindly man with a long beard and black hat, followed by a boy reverently carrying a large yellowed scroll. The man gave them his blessing and graciously invited them to stay in his city. The angel thanked him but told him that they could not. The man presented Helena with a small glimmering gold Star of David and shook her hand goodbye. Helena thanked him and put the precious gift inside her silk purse.

They sailed back out to sea and along the coast, and after a time came to the second harbour. The ships they passed were large, bringing in metal and wood and fuel. This beautiful old city was full of workshops and factories, and she saw a church steeple on every corner. Industrious crowds bustled everywhere. A gondola paddled out to meet them, a pewter censor burning incense hanging from its ornate prow. A sweet-faced man with a bald head called his blessing up to them and invited them to partake of the comforts of his city. The angel thanked him but told him that they had another visit to make. The man presented Helena with a small shining gold cross and bid them farewell. Helena put his gift into the little silk bag, too.

In the last port, the cobblestone city streets were lined with busy shops, markets and cafes but there were also libraries and meeting halls, and the slender minarets of splendid mosques rose gracefully into the sky. They sailed between small boats full of noisy pilgrims who waved to them warmly. They were met by a gentle man and a boy carrying an intricately patterned rug. The man gave them his blessing and offered them food and shelter. The angel likewise thanked him but told him their journey had been long and they had to be heading back. On the shore, the call to prayer sounded throughout the city. The man gave Helena a glittering gold crescent moon, and waved to them as they sailed away, then the man and boy hurried off to pray. The girl placed the little moon into the pouch with her other two gifts.

Back at sea, Helena addressed the angel.

"We have visited three beautiful cities and met three good men," she said. "How can I know which of their beliefs is true?"

"What would these men tell you?" asked the angel with the marvelous name.

The little girl paused, unsure, but suddenly these words appeared in her mind.

"TO LOVE GOD. AND TO LOVE OTHER PEOPLE AS MUCH AS I LOVE MYSELF."

"Yes," he smiled. "Your words are like finest gold – the very essence of the TORAH and the GOSPELS and the QUR'AN."

The blessed messenger's face grew clouded, and he steered their little boat once more out into the turquoise sea.

"We have one more stop," he said.

They sailed farther up the coast through treacherous water and landed on a rocky shore. The angel moored their boat to a splintered tree stump and together they made their way up a hill past the burnt remains of a barn, an overturned oxcart, and a neglected garden to a miserable house with a collapsed roof.

Inside, in a dark corner, a ragged boy of her own age hid behind a broken table. He was very thin and open sores covered his body. The sight of him filled Helena with enormous sadness.

"Where are his parents?" she cried.

"Both were killed in wars," the angel said. "He is starving and very ill."

Tears ran down the little girl's cheeks.

"Oh, what can we do for him?" she sobbed.

The angel bowed his head, and Helena became aware of the silk purse she held. She rushed to the boy and thrust it into his hands.

"Take this!" she said. "Trade it for what you need!"

No sooner had she uttered these words than she heard a noise behind her, and three women entered the room – a Jew, a Christian, and a Muslim. One knelt and washed the blood and dirt from his body, another consulted a book and cared for his wounds, and the third fed him and gave him drink. Then they embraced him and prayed and sang a sweet song that soothed his spirit. Before Helena's eyes, the boy grew happy and healthy.

She said goodbye, but as she was about to follow the angel out the door, Helena turned back.

"What is your name?" she said.

The boy handed her back the silk purse.

"Abraham," he said with a loving smile.

The angel and Helena walked back to their ship. There was a faraway look on the little girl's face.

"You're thinking about your mother, aren't you?" he said.

"Yes," she answered, and a tear ran down her cheek.

They stepped into their boat and soon were crossing the ocean. Helena saw that the angel followed the same star on their way home. She smiled and felt the cool sea spray on her face and breathed in the salty ocean air.

Before she knew it, they were back in her room. Helena climbed into her bed, tired but at peace. She closed her eyes and the angel with the marvelous name kissed her cheek, and when she looked up to say goodbye, all she could see was the moonbeam on her bedroom floor.

The silk purse was still in her hand. She sat up, opened it, and found that instead of three objects there was only one - the star, the cross, and the moon had become a single gleaming gold disk. On its face, she read these simple words: ONE GOD - MANY VOICES - ONE PEOPLE.

Helena turned over the beautiful disk and her eyes grew wide with wonder. For on its other face she saw her mother and her father, her brother and her friends, her grandparents, her teachers, the sailors, the three good men, the boys, the three kind women, and Abraham - and every other person in this world, and all the people who had ever lived, and all those who ever would – singing together in a thousand languages in glorious harmony.

And outside her window, the angel's star twinkled and shone its blessing down on the water that flowed through her little harbour out to the mighty ocean and to every corner of the Earth.

"Give thanks to God, for he is good; his love endures forever." (Psalm 118)

Acknowledgements

My sincerest thanks to all who helped me navigate the treacherous waters of the past two years:

My dear wife Isabel and son Daniel, my family, Helena's best friends Lisa and Jenny, Aurora, Mike, Father Tom, John, Sheila, Anona, Faroukh, Pam, Linda, Polyxeni, Bruce, Miriam, Lynnette, Rob, Maryam, Zainab, Nadia, Hillal, Roger and family, Lynne, Emily, Aliya, Ezzat, Natalia;

All those who gave generous words of endorsement;

My gifted translators Hanaa El-Kashef and Yoav Shafir;

John Hunt for his abiding belief in oneness and this book;

And my beloved daughter Helena, who whispered these words of love into my ear, and painted these mystical pictures across my eyes, and who, I am sure, will guide me always.

Paul Harbridge, October 7, 2007.

*

في هذه اللحظة و بمجرد أن نطقت بهذه الكلمات ، سمعت هيلينا ضجيجا خلفها .دخلت ثلاث نساء الحجرة ، واحدة يهودية و واحدة مسيحية و الأخرى مسلمة . ركعت إحداهن و أخذت تغسل دماء الطفل و تمسح القذارة من على جسده بينما أخذت الثانية تراجع كتابا و تعتني بجراحه و كانت الثالثة تقدم له الأكل . ثم عانقوه و صلوا و نشدوا جميعا أغنية جميلة هدأت من روحه . و فجأة و أمام أعين هيلينا تحول إلى طفل سعيد و قد شفى تماما .

ودعته هيلينا و عندما كانت تتبع الملاك فى طريقه خارج المنزل التفتت الى الوراء و سالت الطفل " ما أسمك ؟" فرد لها الطفل كيسها الحريري ثم قال بابتسامة محببة " أسمى إبراهيم " .

*

عاد الملاك مع هيلينا إلى قاربهما و لكن كانت هناك نظرة بعيدة على وجه الطفلة فسألها الملاك " تفكرين في أمك أليس كذلك ؟ "نعم " أجابت هيلينا و الدموع تجرى على وجنتيها . دخلا مركبهما و عادا إلى المحيط فأدركت هيلينا أن الملاك يتبع نفس النجم . في طريق العودة . ابتسمت هيلينا و شعرت برزاز البحر البارد على وجهها و تنفست هواء البحر المالح .

و في لحظات كانت هيلينا في غرفتها مرة أخرى . تسلقت فراشها فقد كانت برغم تعبها تشعر بسلام يغمرها أغلقت عينيها و قبَل الملاك ذو الأسم الرائع وجنتيها . و عندما التفتت لتودعه لم ترى سوى شعاع القمر على أرض الغرفة.

*

كان الكيس الحريري لا يزال في يدها فجلست و فتحته و لكنها وجدت بداخله قطعة واحدة و ليس ثلاث .فقد تحولت النجمة و الصليب و الهلال ألي اسطوانة ذهبية لامعة . على وجه الأسطوانة قرأت هيلينا هذه الكلمات البسيطة: "اله واحد – أصوات عديدة – قوم واحد ". أدارت هيلينا الاسطوانة الجميلة فاتسعت عيناها من شدة التعجب . فقد رأت على الوجه الآخر من الأسطوانة أمها و والدها و أخاها و أصدقائها و أجدادها و مدرسيها و البحارة و الرجال الثلاث الطيبين و الأولاد و السيدات الثلاثة الطيبات و إبراهيم . كما رأت أيضا كل فرد في العالم كلهم ينشدون معا بآلاف اللغات في آلفة و وفاق رائع .

*

خارج النافذة كان هناك نجم الملاك يتلألأ مضيئا ببركته المياه التي تدفقت عبر الميناء الصغير إلى المحيط العظيم و إلى كل أنحاء الأرض .

قابلهما رجل ذو وجه بشوش حليق الرأس و دعاهما آن يشاركاه راحة المدينة شكره الملاك موضحاً له أن لديهما زيارة أخرى . أهدى الرجل هيلينا صليبا صغيرا لامعاً من الذهب وودعهما . وضعت هيلينا الهدية أيضا في كيسها الحريري .

*

في الميناء الأخير ، كانت شوارع المدينة المصنوعة من الحجارة مليئة بالمحلات المزدحمة و الأسواق والمقاهي و كان هناك أيضا مكتبات و قاعات اجتماعات و مآذن رشيقة لجوامع رائعة مرتفعة بوقار إلى السماء . أخذ الملاك يجدف بين مراكب صغيرة بها حجاج يلوحون إليهما بحرارة . و كان فى استقبالهما رجل طيب و طفل يحمل سجادة مزركشة بها رسومات . باركهما الرجل و قدم إليهما الآكل و المأوى و لكن مرة أخرى شكره الملاك قائلاً أن رحلتهما كانت طويلة و لابد لهما أن يبدئا طريق العودة . كان صوت الأذان للصلاة مسموعا فى كل المدينة . أعطى الرجل هيلينا هلال من الذهب اللامع و أستمر يلوح لهما و هما يبحران ثم أسرع بعد ذلك هو و الطفل إلى الصلاة . و وضعت هيلينا الهلال الصغير في كيسها مع باقي الهدايا .

*

عندما رجعا إلي البحر سألت هيلينا الملاك : " لقد زرنا ٣ مدن جميلة و قابلنا ٣ رجال طيبين ، كيف لي أن أعرف من منهم ذو العقيدة الصحيحة "؟

فسألها الملاك ذو الأسم الرائع : "ماذا قال لك هؤلاء الرجال ؟" فسكتت هيلينا ، لم تكن متأكدة و لكن فجأة تذكرت الكلمات : "أحبى الله و أحبى الناس الآخرين بنفس الدرجة التي تحببين بها نفسك "

"نعم " قال الملاك مبتسما "كلماتك مثل الذهب النفيس و هي روح التوراة و الإنجيل و القرآن "

*

بدا وجه الملاك كالسحاب و أدار دفة قاربهما الصغير مرة أخرى إلى المياه الفيروزية . ثم قال لهيلينا : لدينا محطة أخرى . ثم أبحرا بعيداً إلى شاطئ مياهه غادرة و استقرا عند شاطئ صخري .
رسا مركبهما عند جزع شجرة مكسور و صعدا سويا الي تل . و بعد أن مرا على بقايا حظيرة محروقة و حديقة مهملة وصلا إلى بيت بائس سقفه مهدم .

*

داخل البيت و في ركن مظلم ، كان هناك طفلا فقيرا ثيابه رثه في مثل سنها ، مختبئ خلف طاولة مقلوبة . كان الطفل ضعيفاً جداً و جسده مغطى بجروح فامتلأت هيلينا بالحزن البالغ من منظره و صاحت :" أين أبويه ؟" فرد الملاك :" لقد قتلا في الحرب " "هذا الطفل جائع و مريض جداً "قال الملاك . سقطت دموع هيلينا على وجنتيها و سألت منتحبة "ماذا نستطيع أن نفعل من أجله؟"

*

أحنى الملاك رأسه فاستدركت هيلينا الكيس الحريري آلتي تحمله .
فأسرعت إلى الطفل و وضعته في يده قائلة :خذ هذا و بادله بأي شئ تحتاجه .

عبر ضوء القمر فروع شجرة الصنوبر خارج النافذة و أضاء بؤرة على أرض الغرفة . و سمعت هيلينا صوتا رقيقا يقول "استيقظي "

*

فتحت هيلينا عينيها و بدأت ترجف ، فقد كان يقف أمامها ملاك . " لا تخافي يا هيلينا ، لقد جئت لأخذك إلي رحلة " ، هكذا قال الملاك ذو الوجه الرقيق . ثم آخذها من يدها فشعرت هيلينا بسلام يغمرها . سألته : ما اسمك ؟

فأشعت عيون الملاك بريقا و قال أسمي ....

و ذكر اسما لم تسمع مثله من قبل ، اسما جعلها تفكر في أشياء رائعة مثل سمكة صغيرة تنظر عبر الثلوج إلي القمر أو مثل همس أسرار الحمام .

"والي أين سنذهب ؟" سألت هيلينا مبتسمة. فقد كانت تعلم أن الملاك ذو الأسم الرائع مبعوث من عند الله . فقال لها الملاك : " سنذهب بعيدا فوق الأمواج " . ثم أعطاها كيس صغير مصنوع من الحرير .

*

و حين مدت هيلينا يدها لتأخذ الكيس ، وجدت نفسها في مركب صغير تغادر الميناء و تبحر في المياه الواسعة . لم تشعرهيلينا بالوقت الذي أمضته مع الملاك في الإبحار ، هل كانت دقائق أم ساعات أم أيام ؟ في بعض الأحيان كانت الأمواج تعلو من فوقهم و تلقى بقاربهم الصغير في كل الاتجاهات . و فجأة ابتلعهم ضباب كثيف فخافت هيلينا و تعلقت في ثوب الملاك و سألته :"كيف لك أن تعرف الطريق ؟" فأشار الملاك ذو الأسم الرائع إلى السماء حيث كان حيث كان هناك نجم ساطع يتلألأ بين الضباب .

*

و أخيرا وصلا إلي بحر فيروزي اللون ذو مياه دافئة و هادئة و الشمس فيه مشرقة بإبهار .على جانب الشاطئ كان يوجد نخيل من الريش و التين و البلح و حدائق زيتون قديمة . كان الهواء منعشاً ذو رائحة طيبة .و هناك على الشاطئ البعيد توجد ثلاث مدن متلألئة كما لو كانت مباركة من الله . عندئذ قال الملاك : "هذا مقصدنا "

*

عندما اقتربا من أول ميناء ، رأت هيلينا مدينة قديمة منعمة بجامعات و مستشفيات و معابد عظيمة . شوارعها مليئة بإناس منهمكون في أحاديث دراسية . أخذ الملاك ذو الاسم الجميل يجدف بالقارب الصغير بين سفن تجارية عظيمة ثم استقرعند مرفأ خشبي كبير . كان في استقبالهما رجل لطيف ذو لحية طويلة و قبعة سوداء ، و كان يقف خلفه طفل يحمل لفافة صفراء كبيرة بكل تبجيل و احترام . باركهما الرجل و دعاهما بلطف و كرم للإقامة في المدينة . شكره الملاك و اعتذر لعدم إمكانهما البقاء. فاخرج الرجل نجمة داود صغيرة من الذهب اللامع و أهداها إلى هيلينا . شكرته هيلينا و وضعت الهدية في كيسها الحريري.

*

ثم أبحرا مرة أخرى على طول الشاطئ و بعد قليل وصلا إلى الميناء الثاني مروراً ببواخر كبيرة تحمل معادن و أخشاب و وقود . في الميناء الثاني كانت هناك مدينة قديمة جميلة مليئة بالورش و المصانع . و رأت هيلينا أبراج الكنائس في كل زاوية و حشود من الناس يتحركون في كل مكان . أقترب منهم جندول معتق في مقدمته المزخرفة بخور تحترق . و

Arabic

رحـــــــلة

هيلينــــــا

قصة و رسومات بول هاربريدج

ترجمة هناء ضياء الدين الكاشف

إلى هيلينا

و إلى كل طفل في كل مكان

الحب كالإسطرلاب به نبحر في عجائب الخالق
(رومى)

في مدينة تطل على المحيط، كان هناك منزلا يقع على ربوة تغطيها شجرة صنوبر كبيرة و كانت تعيش فيه طفلة صغيرة جميلة اسمها هيلينا . كانت هيلينا تعشق الجري و القفزو اللعب مع أصدقائها ، ولكنها كانت دائما مريضة . فكان لزاما عليها أن تقضى أياما طويلة في فراشها . في أوقات المرض كانت أمها ، اتي تحبها بشدة ، تعتني بها و تساعدها على أداء واجباتها المدرسية . و كانت هيلينا تحاول أن تتعاون و لكن في بعض الأحيان كانت تضيق بحالتها و ترمى كتبها و دوائها و ترفض الحديث . و لكن كان بداخلها أحلام مليئة بالمغامرات مثلها مثل أي طفلة في عمرها .

*

و في يوم من الأيام في الصباح الباكر ، استيقظت هيلينا على أصوات مثيرة . فقفزت من فراشها و جرت الي النافذة فرأت هناك عند الميناء بحارة يتحركون في نشاط ينادون بعضهم استعداداً للإبحار بسفنهم . همست هيلينا الي الطائر الصغير الواقف على نافذتها قائلة :" ليتني أستطيع أن أبحر معهم" . فلم تكن هيلينا قد أبحرت من قبل و لم تخطو بقدمها أي سفينة . " في يوم ما سوف أبحر في مركب ". هكذا وعدت هيلينا الطائر . " في يوم ما سأشعر برذاذ البحر على وجهي و أتنفس هواء المحيط المالح " استطردت هيلينا قائلة .

*

في هذه الليلة شعرت هيلينا بإحساس غريب فقامت أمها بقياس درجة حرارتها و أطعمتها حساء دافئ و مهدتها في فراشها . و بمجرد أن وضعت هيلينا رأسها على الوسادة راحت في نوم عميق . في أثناء الليل ،

והשלישית האכילה והשקתה אותו. אז הן חיבקו אותו, והתפללו, ושרו שיר מתוק שהרגיע את רוחו. לנגד עיניה של הלנה, הילד נהיה שמח ובריא.

היא אמרה להתראות, אבל כשהתכוונה לצאת מהדלת בעקבות המלאך, הלנה פנתה חזרה.

"איך קוראים לך?" היא אמרה.

הילד הגיש לה חזרה את ארנק המשי.

"אברהם", הוא אמר בחיוך אוהב.

*

המלאך והלנה חזרו אל סירתם. על פניה של הילדה הקטנה היה מבט מרוחק.

"את חושבת על אמא שלך, הלא כן?" הוא אמר.

"כן", היא ענתה, ודמעה זלגה לחייה.

הם נכנסו אל הסירה, ושבו במהרה לחצות את האוקיאנוס, והלנה ראתה שהמלאך עוקב אחר אותו כוכב בדרכם הביתה. היא חייכה, והרגישה את רסס מי-הים הקריר על פניה, ושאפה את אויר האוקינוס המלוח.

מבלי ששמה לב, הם היו שוב בחדרה. הלנה טיפסה אל תוך מיטתה, עייפה אך מרוצה. היא עצמה את עיניה, והמלאך עם השם המופלא נשק על לחייה, וכשהיא הביטה מעלה כדי להפרד לשלום, כל מה שיכלה לראות היתה קרן הירח שהאירה על רצפת החדר שלה.

*

ארנק המשי היה עדיין בידה. היא התיישבה, פתחה אותו, ומצאה שבמקום שלושה חפצים היה שם רק חפץ אחד; מגן הדוד, הצלב והסהרון הפכו למטבע בוהק אחד, עשוי זהב. על פניו היא קראה את המילים הפשוטות האלה: **אלוהים אחד – קולות רבים – עם אחד.**

*

הלנה הפכה את המטבע היפה, ועיניה נפערו בפליאה. כי בצידו השני היא ראתה את אמא שלה ואת אבא שלה, את אח שלה ואת חבריה, את הסבים והסבתות שלה, את המורים שלה, את המלחים, את שלושת האנשים הטובים, את הילדים, את שלוש הנשים המיטיבות, את אברהם – וכל אדם אחר בעולם הזה, ואת כל האנשים שחיו אי פעם, ואת כל אלה שאי פעם יחיו – שרים יחד באלף שפות, בהרמוניה נהדרת.

*

ומחוץ לחלונה, כוכבו של המלאך נִצנץ והאיר את ברכתו על פני המים, שזרמו דרך הנמל הקטן שלה אל האוקיאנוס הגדול, ואל כל פינה בעולם כולו.

*

בנמל האחרון, רחובות העיר מרוצפי-האבן מלאו בחנויות, שווקים, ובתי קפה שוקקים, אך היו גם ספריות, ומקומות מפגש, והמגדלים הצרים של מסגדים מרהיבים התנשאו בחן אל השמים. הם שטו בין סירות קטנות, מלאות בעולי רגל קולניים, שנופפו אליהם בחמימות. את פניהם קיבלו איש עדין וילד שנשא שטיח עם תבניות מורכבות. האיש ברך אותם, והציע להם אוכל וקורת גג. המלאך הודה גם לו, אך סיפר שמסעם היה ארוך, ושעליהם לפנות חזרה. על החוף, הקריאה לתפילה נשמעה בכל רחבי העיר. האיש נתן להלנה סהרון מבריק, עשוי זהב, ונופף אליהם בעודם מתרחקים, ואז האיש והילד מיהרו אל התפילה. הילדה הניחה את הירח הקטן בשקיק יחד עם שתי המתנות האחרות.

*

כשחזרו לים הלנה פנתה אל המלאך.

"ביקרנו שלוש ערים יפהפיות, ופגשנו שלושה אנשים טובים", היא אמרה. "איך אוכל לדעת איזו מאמונותיהם נכונה?"

"מה האנשים האלה היו אומרים לך?" שאל המלאך עם השם המופלא.

הילדה הקטנה עצרה וחשבה, לא בטוחה, אך לפתע המילים האלה הופיעו במוחה:

"**לאהוב את אלוהים. ולאהוב אנשים אחרים כמו שאני אוהבת את עצמי**".

"כן," הוא חייך. "מילותיך הן כמו זהב פַּרְוַיִם – התמצית של **התורה**, **הברית החדשה**, ו**הקוראן**".

*

פני השליח המבורך קדרו, והוא כיוון את סירתם הקטנה, פעם נוספת, אל ים הטורקיז.

"יש לנו עצירה אחת נוספת", הוא אמר.

הם הפליגו הלאה במעלה החוף, דרך מים בוגדניים, ועגנו על גדה סלעית. המלאך קשר את הסירה לגזע עץ מבוקע, ויחד הם עשו את דרכם במעלה גבעה, על פני שיירים שרופים של אסם, עגלת בקר הפוכה וגן מוזנח, אל בית עלוב שגגו התמוטט.

*

בפנים, בפינה חשוכה, ילד בן גילה, בבגדים מרופטים, הסתתר מאחורי שולחן הפוך. הוא היה רזה מאוד, ופצעים פתוחים כיסו את גופו. הלנה התמלאה צער רב כשראתה אותו.

"איפה ההורים שלו?" היא קראה.

"שניהם מתו במלחמות", אמר המלאך. "הוא גווע ברעב ומאוד חולה".

דמעות זלגו על לחיי הילדה הקטנה.

"איך נוכל לעזור לו?" היא התייפחה.

*

המלאך הרכין את ראשו, והלנה נזכרה בתיק המשי שהחזיקה. היא מיהרה אל הילד ושמה את התיק בידיו.

"קח את זה!" היא אמרה. "החלף אותו במה שאתה צריך!"

*

בו ברגע שהיא ביטאה את המילים האלה, הלנה שמעה קול מאחוריה ושלוש נשים נכנסו לחדר – יהודיה, נוצריה, ומוסלמית. האחת כרעה על ברכיה ושטפה את הדם והלכלוך מגופו, השניה נעזרה בספר וטיפלה בפצעיו,

*

הלנה פקחה את עיניה והתחילה לרעוד. לפניה עמד מלאך. "אל פחד, הלנה", הוא אמר. "באתי לקחת אותך למסע". הדמות העדינה לקחה את ידה, והיא הוצפה בשלווה נהדרת.

"איך קוראים לך?" שאלה הלנה.

עיני המלאך נצצו.

"שמי הוא..."

והוא אמר לה שם שנשמע שונה מכל דבר ששמעה אי פעם, שגרם לה לחשוב על דברים מדהימים – כמו דג קטן מביט דרך קרח על הירח, או הלחישות הכמוסות של יונים.

"ולאן אנחנו הולכים?" אמרה הלנה מחייכת, כי היא הבינה שהמלאך עם השם המופלא היה השליח של אלוהים.

"הרחק מעבר לגלים", אמר, ושם בידה ארנק משי קטן.

*

בו ברגע שהיא קיבלה אותו, הם היו בסירה קטנטנה, עוזבים את הנמל שלה ומפליגים החוצה אל המים הפתוחים. הלנה לא היתה בטוחה כמה זמן הם הפליגו, בין אם היו אלה דקות, או שעות, או ימים. לעתים, גלי אוקיאנוס ענקיים הִתמרו מעליהם והטילו את סירתם הקטנה הנה והנה. פעם אחת ערפל סמיך בלע אותם, והלנה משכה בחרדה בגלימת המלאך.

"איך אתה יודע את הדרך?" היא שאלה.

המלאך עם השם המופלא הצביע אל השמים. לפניהם, אורו של כוכב בהק דרך האובך.

*

לבסוף הם הגיעו לים טורקיז, בו המים היו חמים ורגועים. שמש מרהיבה האירה, ולאורך החוף הלנה ראתה דקלים עם ענפים דמויי-נוצה, ותאנים, ותמרים, ומטעי עצי-זית עתיקים. האויר היה מתוק וריחני, ובחוף רחוק שלוש ערים זהרו, כאילו היו ברוכות אלוהים.

"חופי חפצנו" אמר המלאך.

*

כשהגיעו לנמל הראשון היא ראתה עיר עתיקה, מעוטרת אוניברסיטאות, בתי חולים, ובתי כנסת מפוארים, רחובותיה מלאים באנשים רוחשי שיח מלומד. המלאך עם השם המופלא השיט את סירתם הקטנה בין המוני ספינות מסחר ענקיות, ועגן לצד מזח עץ רחב. את פניהם קיבל איש טוב לב, עם זקן ארוך וכובע שחור, מלוּוֶה בילד שהחזיק ביראה מגילה צהובה גדולה. האיש נתן להם את ברכתו, והזמין אותם באדיבות לשהות בעירו. המלאך הודה לו, אך אמר שהם לא יוכלו להישאר. האיש העניק להלנה מגן דוד קטן ומנצנץ, עשוי זהב, ולחץ את ידה לשלום. הלנה הודתה לו ושמה את המתנה היקרה בתוך ארנק המשי שלה.

*

הם שטו חזרה אל הים, לאורך החוף, ואחרי זמן מה הגיעו אל הנמל השני. הספינות שעל פניהן חלפו היו גדולות, נושאות איתן מתכות, עצים ודלק. העיר היפהפיה והעתיקה הזו היתה מלאה סדנאות ומפעלים, והלנה ראתה צריחי כנסיות בכל פינה. המונים פעלתניים המו בכל מקום. גונדולה שטה לקראתם, מטֶה בדיל עם קטורת דולקת על חרטומה המקושט. איש מאיר-פנים וקרח קרא אליהם בבְרכה, והזמין אותם להתכבד במנעמי עירו. המלאך הודה לו, אך אמר שיש להם ביקור נוסף לערוך. האיש העניק להלנה צלב זוהר קטן, עשוי זהב, ונפרד מהם לשלום. גם את המתנה שלו שמה הלנה בארנק המשי.

Hebrew

המסע של הלנה

נכתב ואויר בידי
פול הרברידג'

מאנגלית:
יואב שפיר

להלנה, ולכל ילד בעולם.

"האהבה היא הכלי לניווט בין מסתורי האל"
(רומי)

בעיירה ליד הים, בבית על גבעה מתחת לעץ אורן גדול, חיה ילדה קטנה ויפה בשם הלנה. הלנה אהבה לרוץ ולקפוץ ולשחק עם חבריה, אבל היא היתה חולה לעתים קרובות, ונאלצה להשאר ימים רבים וארוכים בבית, במיטה.

בזמנים כאלה, אמא של הלנה, שאהבה אותה מאוד, היתה מטפלת בה, וקוראת באוזניה, ועוזרת לה עם שעורי הבית. הלנה ניסתה לשתף פעולה, אבל היו ימים בהם נמאס לה כל כך, עד שהיתה משליכה את ספריה, דוחפת מעליה את התרופות, ואפילו מסרבת לדבר – כי בתוך תוכה, להלנה היו חלומות על הרפתקה, ממש כמו לכל ילדה אחרת.

*

השקם בוקר אחד, הלנה התעוררה למשמע קולות נרגשים. היא זינקה ממיטתה ורצה אל החלון. למטה על קו החוף רעשו מלחים, צועקים זה לזה בזמן הכנת הספינה להפלגה.

"הו, אם רק יכולתי להצטרף אליהם!" אמרה הלנה בכמיהה לציפור שעמדה על סף חלונה, שכן היא מעולם לא היתה בים, וכף רגלה אפילו לא דרכה אף פעם על ספינה.

"יום אחד אני אפליג בסירה", היא הבטיחה לציפור. "יום אחד אני ארגיש את רסס מי-הים על פני, ואשאף את אויר האוקיאנוס המלוח".

*

באותו ערב, הלנה הרגישה מוזר מאוד. אמא שלה מדדה לה את החום, האכילה אותה מרק חם, והשכיבה אותה במיטה, וברגע שראשה נח על הכרית, הילדה שקעה בשינה עמוקה.

במהלך הלילה, חדרה קרן ירח מבעד לענפי האורן מחוץ לחלונה, והאירה נקודה על רצפת החדר שלה.

"התעוררי", אמר קול עדין.